はるかな国から
やってきた

谷川俊太郎

童話屋

目次

装丁・画・島田光雄

はるかな国からやってきた

傲慢ナル略歴

（十八歳）

トモカクモ満零歳カラ十八歳マデ
オモシロオカシクヤッテキタ
ナントイッテモ健康ダシ
心モ少シハ美シイ
実際ヤタラメッポウ幸セナノデ
マダ人生ノ悩ミモナイ
トモカクモ満十八歳カラコノ後モ
オモシロオカシクヤッテユク気ダ

1950. 1. 10

かなしみ

（二十億光年の孤独）

あの青い空の波の音が聞こえるあたりに
何かとんでもないおとし物を
僕はしてきてしまったらしい

透明な過去の駅で
遺失物係の前に立ったら
僕は余計に悲しくなってしまった

地球があんまり荒れる日には

地球があんまり荒れる日には
僕は火星に呼びかけたくなる

こっちは曇で
気圧も低く
風は強くなるばかり
おおい！
そっちはどうだあ

（二十億光年の孤独）

月がみている
全く冷静な第三者として
沢山の星の注視が痛い
まだまだ幼い地球の子等よ

地球があんまり荒れる日には
火星の赤さが温かいのだ

はる

（二十億光年の孤独）

はなをこえて
しろいくもが
くもをこえて
ふかいそらが

はなをこえ
くもをこえ
そらをこえ
わたしはいつまでものぼってゆける

はるのひととき
わたしはかみさまと
しずかなはなしをした

二十億光年の孤独

人類は小さな球の上で
眠り起きそして働き
ときどき火星に仲間を欲しがったりする

火星人は小さな球の上で
何をしてるか　僕は知らない
（或いはネリリし　キルルし　ハララしているか）
しかしときどき地球に仲間を欲しがったりする
それはまったくたしかなことだ

（二十億光年の孤独）

万有引力とは
ひき合う孤独の力である

宇宙はひずんでいる
それ故みんなはもとめ合う

宇宙はどんどん膨らんでゆく
それ故みんなは不安である

二十億光年の孤独に
僕は思わずくしゃみをした

今日

（六十二のソネットI―4）

ふたたび日曜日が　そうして
ふたたび月曜日が
ふたたび曇り　ふたたび晴れ
してその先に何がある？

その先など知りはしない
あるのはただ今日ばかり

僕の中にふたたびではなく
今日だけがある

思い出は今日であった
死は今日であるだろうそして
生きることそれが烈しく今日である

今日を愛すること
ひとつの短かい歌が死に
今日が小さな喪に捧げられるまで

雲

（六十二のソネットⅠ―23）

今朝は雲が大層美しかった
心をもたずしかしさながらひとつの心に照らされている
かのように
自らを輝くにまかせたまま
それらはひととき慰めのように流れていった……

私の信じ私の愛することの出来る
さまざまなものがある
それらが私を生かし続け
それらが私に心を与える

はかなさのままに
ひとの心は計り難い
あまりに遠く或いはあまりに近く……

だが樹が生き　ひとが生きる
たしかな時と所とをもち続けながら――
今朝私は心に宛てぬ手紙を書く

地球へのピクニック

（愛について）

ここで一緒になわとびをしよう　ここで
ここで一緒におにぎりを食べよう
ここでおまえを愛そう
おまえの眼は空の青をうつし
おまえの背中はよもぎの緑に染まるだろう
ここで一緒に星座の名前を覚えよう

ここにいてすべての遠いものを夢見よう
ここで潮干狩をしよう

あけがたの空の海から
小さなひとでをとって来よう
朝御飯にはそれを捨て
夜をひくにまかせよう

ここでただいまを云い続けよう
おまえがお帰りなさいをくり返す間
ここへ何度でも帰って来よう
ここで熱いお茶を飲もう
ここで一緒に坐ってしばらくの間
涼しい風に吹かれよう

知られぬ者

（六十二のソネットI―10）

自動車が云った
鉛筆が云った
化学が云った
お前さんが私をつくったのだ人間よと

狸はそれをどう思ったろう
星はそれをどう思ったろう
神はそれをどう思ったろう
みちあふれた情熱のしかし愚かな傲慢を

さびしいことを忘れた人から
順々に死んでゆけ
知られぬ者ここに消ゆと

風は夕暮の地球に吹き又見知らぬ星に吹いた
神は夕暮の地球を歩き
又見知らぬ星の上を歩いた

心について

（六十二のソネットⅠ―20）

私は生きることに親しくなっていった
私は姿ばかりを信じ続けて
心について何ひとつ知らないのだったが
それがかえって私の孤独を明るくした

私はむしろ心に疲れていたのかもしれぬ
もろもろの姿の毅然としたひろがり
それらは心よりもきっぱりと
時を生き　所を占める

今　私に歌がない
私は星々と同じ生まれだ
私は心をもたぬものの子だ

だがその時突然私に心が還ってくる
私の姿が醜い故に？
いやむしろ世界の姿があまりに美しい故に

沈黙

（あなたに）

愛しあっている二人は
黙ったまま抱きあう
愛はいつも愛の言葉よりも
小さすぎるか　稀には
大きすぎるので
愛し合っている二人は
正確にかつ精密に
愛しあうために

黙ったまま抱きあう
黙っていれば
青空は友
小石も友
裸の足裏についた
部屋の埃が
敷布をよごして
夜はゆっくりと
すべてを無名にしてゆく
空は無名
部屋は無名
世界は無名

うずくまる二人は無名
すべては無名の存在の兄弟
ただ神だけが
その最初の名の重さ故に
ぽとりと
やもりのように
二人の間におちてくる

丁度その時

（あなたに）

丁度その時
チューリップの白いつぼみは　朝の光の中で
開きかけてゆれている　丁度その時
新しい一年生のてのひらの中で
新しいクレヨンが折れる
受話機に耳をおしつけている若い女の眼に
みるみる涙があふれてくる

一羽の雀の子が生まれて始めて　屋根から
松の枝までの三米を飛ぶ
遠い国の夜の闇の中で　古風な置時計の
ゼンマイのゆるむ音がする
時とは何かという問いに　答えられず　老人は
無数の数式を前に居眠りする　丁度その時
詩人の心にソネットの最初の一行が
不意に訪れて来る　その一行を彼は
その時の世界のすべてからの贈物として
受けとるのだ

冬に

（その他の落首）

ほめたたえるために生れてきたのだ
ののしるために生れてきたのではない
否定するために生れてきたのではない
肯定するために生れてきたのだ

無のために生れてきたのではない
あらゆるもののために生れてきたのだ
歌うために生れてきたのだ
説教するために生れてきたのではない

死ぬために生れてきたのではない
生きるために生れてきたのだ
そうなのだ　私は男で
夫で父でおまけに詩人でさえあるのだから

くり返す

（その他の落首）

くり返すことができる
あやまちをくり返すことができる
くり返すことができる
後悔をくり返すことができる
だがくり返すことはできない
人の命をくり返すことはできない
けれどくり返さねばならない

人の命は大事だとくり返さねばならない
命はくり返せないとくり返さねばならない

私たちはくり返すことができる
他人の死なら
私たちはくり返すことはできない
自分の死を

目に見えぬ詩集

たとえば——
飛んでいる蝶を指して
この蝶をあなたに捧げます
と云うだけでいいのだ

あるいはまた——
澄みきった秋空を見あげて
この空は私たちのもの
と宣言するだけでいいのだ

（祈らなくていいのか）

それともっとつつましく――
ラッシュアワーの街の真中に立止まり
黙って潮騒に耳をすます
それだけのことでいいのだ

目に見えぬ詩集の頁を
開くためには

今年

（祈らなくていいのか）

涙があるだろう
今年も
涙ながらの歌があるだろう
固めたこぶしがあるだろう
大笑いがあるだろう今年も
あくびをするだろう
今年も
短い旅に出るだろう
そして帰ってくるだろう

農夫は野に
数学者は書斎に
眠れぬ夜があるだろう
だが愛するだろう
今年も
自分より小さなものを
自分を超えて大きなものを

くだらぬことに喜ぶだろう
今年も
ささやかな幸せがあり
それは大きな不幸を

忘れさせることはできぬだろう
けれど娘は背が伸びるだろう
そして樹も
御飯のおいしい日があるだろう
新しい靴を一足買うだろう
決心はにぶるだろう今年も
しかし去年とちがうだろうほんの少し
今年は

地平は遠く果てないだろう
宇宙へと大きなロケットはのぼり
子等は駈けてゆくだろう

今年も歓びがあるだろう
生きてゆくかぎり
いなむことのできぬ希望が

月からの風景

（祈らなくていいのか）

かなたに地球はかかっている
しらじらと輝いて
その大陸は地平線を喪くし
その大洋は水平線を喪くし
その青空は青を喪くし

かなたに地球はかかっている
都市をのせ
山々をのせ
寺と塔をのせ（猫とねずみをのせ）
私をのせ

地球はかなたにかかっている
午前十時の午後五時の
暁とうしみつどきの
今日と明日との
まわりつづけるあやうい独楽

かなたに地球はかかっている
ナパームの閃光は見えず
黒も白も黄いも見えず
セザンヌのりんごも見えず
どんな廃墟も見えず

けれど地球はかかっている
月の火口の重なるむこう
ひょっこりと
むしろ律義に
いっしょうけんめいに

地球はひとり動いている
こみいった経験と
単純な決意に押され
小さな一人の子どもの手に押され
木々の帆に押されて

かなたに地球はかかっている
（ああめくるめくこの吐き気）
半分の夜を抱き
生れ出る赤ん坊を抱き
四十五億年を抱き

かなたに
我がふるさとは輝いている
星々とともに遠く小さく……

今日

（祈らなくていいのか）

昨日より今日が好き
明日よりも今日が好き
旅に出る若いむすめ
目をみはり
心はヒワのようにさえずって
好きは好き　きらいはきらい
きっぱりと送る正確な挨拶

〈空は好き
青は私の肌に似合うから
川はきらい　ふり向きもせず
私を駈け足で追い越すから
白樺は好き
何の色にも染まらないから〉
だがある日　突然ひとりの男
まじめな声でむすめに言う
〈あなたが好き……〉
ああ　その日から始まる
不確かな今日新しい今日
好きかきらいか分らぬ今日

幸せ　それとも不幸せ？
目をつむり心をみつめ
もう木々の挨拶にも答えずに

祝婚

（祈らなくていいのか）

男の若い首すじが
少しさびしげに見えるのはいい
いつのまにか男は男の父に似ている

女のみはった瞳が
少しいどむようなのはいい
いつのまにか女は女の母に似ている

街のいつものざわめきが
いつものようなのはいい
平凡は平凡のままでドラマになろうとしている

樹々の梢が
今日三ミリ天へと伸びたのはいい
誰もそれに気づかなかったとしても

めでたいこの日にも
やはりどこかで人は死んでいる
愛しあうもののために

生れてくるもののために
彼がこの世界を遺してくれたのはいい

たとえそこに血が流れているとしても
たとえそこに石と空しかないとしても
今日ふたりは世界を受けとったのだ
てのひらにたたえた水のように
あやうく　しかもゆたかに

常ならぬこの地上で
ひとりひとりが誓いあうのはいい
何にむかってかそれは知らずに

そしていつかこの日も
静かに暮れてゆくのはいい
初めての夜がくるのはいい

Wedding day

（祈らなくていいのか）

離れてゆくのではありません
お母さん
わたしは近づいてゆくのです
あなたのやさしさに
あなたのゆたかさに
そうして
あなたの——かなしみに

わたしたちのわかちあうのは
なんという大きな秘密
なんという深い知恵

＊

愛しています——
それは熟れた果物のように
唇からおちてくることば
わたしは知っている
今日　わたしは美しいと

永遠――
それはもうふたりには
遠すぎて要らぬことば
わたしは約束する
明日もわたしは美しいと

しじまはほほえみ
神々さえ嫉妬する
わたしたちの日々よ！

鳥羽　1

（旅）

何ひとつ書く事はない
私の肉体は陽にさらされている
私の妻は美しい
私の子供たちは健康だ

本当の事を言おうか
詩人のふりはしてるが
私は詩人ではない

私は造られそしてここに放置されている
岩の間にほら太陽があんなに落ちて
海はかえって昏《くら》い

この白昼の静寂のほかに
君に告げたい事はない
たとえ君がその国で血を流していようと
ああこの不変の眩しさ！

旅　1

（旅）

美しい絵葉書に
書くことがない
私はいま　ここにいる

冷たいコーヒーがおいしい
苺のはいった菓子がおいしい
町を流れる河の名は何だったろう
あんなにゆるやかに

ここにいま　私はいる
ほんとうにここにいるから
ここにいるような気がしないだけ

記憶の中でなら
話すこともできるのに
いまはただここに
私はいる

おべんとうの歌

（うつむく青年）

魔法壜のお茶が
ちっともさめていないことに
何度でも感激するのだ
白いごはんの中から
梅干が顔を出す瞬間に
いつもスリルを覚えるのだ

ゆで卵のからが
きれいにくるりとむけると
手柄でもたてた気になるのだ
（大切な薬みたいに
包んである塩）
キャラメルなどというものを
口に含むのを許されるのは
いい年をした大人にとって
こんな時だけ
奇蹟の時
おべんとうの時
空が青いということに

突然馬鹿か天才のように
夢中になってしまうのだ
小鳥の声が聞えるといって
オペラの幕が開くみたいに
しーんとするのだ
そしてびっくりする
自分がどんな小さなものに
幸せを感じているかを知って
そして少し腹を立てる
あんまり簡単に
幸せになった自分に
——あそこでは

そうあの廃坑になった町では
おべんとうのある子は
おべんとうを食べていた
そして
おべんとうのない子は
風の強い校庭で
黙ってぶらんこにのっていた
その短い記事と写真を
何故こんなにはっきり
記憶しているのだろう
どうすることもできぬ
くやしさが

泉のように湧きあがる
どうやってわかちあうのか
幸せを
どうやってわかちあうのか
不幸を

手の中の一個のおむすびは
地球のように
重い

見る

（うつむく青年）

見る
もっとも小さいものを見る
飛び去る電子を見る
だが無を見ることはできない

見る
もっとも巨きいものを見る
彼方の渦状星雲を見る
だが無限を見ることはできない

けれど見る
人は見る
見ようとする
目に見えぬものすら

見る
野に一輪の花を見る

空に昇りゆくロケットを見る
同じひとつの光のもと

見る
見なれた妻の顔に
殺された兵士の写真に
刻印されたおのれを見る

父の唄

（うつむく青年）

遠く行け息子よ
おれをこえて遠く行け
愛せるだけの女を愛せ
だが命かけて愛するのは
ただひとりだけ
おれがきみのおふくろを愛したように

遠く行け息子よ
地平こえて遠く行け

拓けるだけの荒野を拓け
だが命かけて求めるものは
ただひとつだけ
おれがついにつかめずに終った何か

遠く行け息子よ
時をこえて遠く行け
笑えるときは大きく笑え
だが涙流しこらえるのは
ただ自分だけ
おれがいつもひとりでそうしたように

小さなスフィンクス

（空に小鳥がいなくなった日）

きみは小さなスフィンクスだ
遊んでいるときも
眠っているときも
きみは絶えず私に問いかける
黙って問いかける
そのつぶらな瞳で
そのやわらかい頬で

まだたどたどしいその歩きぶりで
こんなに思いがけなく
きみはどこから来たのだろう
こんなに無垢に
きみは誰のものだろう
こんなにはっきりした生への意志をもって
きみはどこへ行くのだろう

子どもよ　子どもよ
父にとってさえ
きみは今日も尽きることのない謎だ

ワクワク

（うつむく青年）

タネまけば芽が出るさ
芽が出れば花が咲く
花が咲きゃ実がなるよ
実がなればタネになる
ワクワク　ワクワク

腹がへりゃ飯を食う
飯を食や眠くなる
昼寝すりゃ夢をみる
夢をみりゃ目がさめる
ワクワク　ワクワク

腹が立ちゃけんかする
けんかすりゃなぐられる
なぐられりゃけっとばす
けっとばしゃすっとする
ワクワク　ワクワク

働けば汗をかく
汗をかきゃ風呂入る
風呂入りゃひげをそる
ひげをそりゃいい男
ワクワク　ワクワク

恋をすりゃ手紙書く
手紙書きゃ返事くる
返事くりゃデートする
デートすりゃキッスする
ワクワク　ワクワク

哀しけりゃよっぱらう
よっぱらや歌うたう
歌うたや泣けてくる
泣けてくりゃ笑っちゃう
ワクワク　ワクワク

生きる

（うつむく青年）

生きているということ
いま生きているということ
それはのどがかわくということ
木もれ陽がまぶしいということ
ふっと或るメロディを思い出すということ
くしゃみすること
あなたと手をつなぐこと

生きているということ
いま生きているということ
それはミニスカート
それはプラネタリウム
それはヨハン・シュトラウス
それはピカソ
それはアルプス
すべての美しいものに出会うということ
そして
かくされた悪を注意深くこばむこと

生きているということ
いま生きているということ
泣けるということ
笑えるということ
怒れるということ
自由ということ

生きているということ
いま生きているということ
いま遠くで犬が吠えるということ
いま地球が廻っているということ
いまどこかで産声があがるということ

いまどこかで兵士が傷つくということ
いまぶらんこがゆれているということ
いまいまが過ぎてゆくこと

生きているということ
いま生きているということ
鳥ははばたくということ
海はとどろくということ
かたつむりははうということ
人は愛するということ
あなたの手のぬくみ
いのちということ

かっぱ

（ことばあそびうた）

かっぱかっぱらった
かっぱらっぱかっぱらった
とってちってた

かっぱなっぱかった
かっぱなっぱいっぱかった
かってきってくった

かえる

（ことばあそびうた　また）

かえるかえるは
みちまちがえる
むかえるかえるは
ひっくりかえる

きのぼりがえるは
きをとりかえる
とのさまがえるは
かえるもかえる

かあさんがえるは
こがえるかかえる
とうさんがえる
いつかえる

泣けばいい

（そのほかに）

泣けばいいんだ泣けばいい
哀しいときは泣けばいい
泣けば菜の花涙にゆれる
泣けば烏もカアと鳴く

泣けばいいんだ泣けばいい
ひとりのときは泣けばいい
遠い誰かにとどけとばかり
風もいっしょにむせび泣く

泣けばいいんだ泣けばいい
苦しいときは泣けばいい
泣いてどうなるものでもないが
泣いてはらそう曇り空

泣けばいいんだ泣けばいい
泣きたいときは泣けばいい
まぶたはらして鏡を見れば
いつか笑いがこみあげる

わるくちうた

（わらべうた）

とうさんだなんて　いばるなよ
ふろにはいれば　はだかじゃないか
ちんちんぶらぶら　してるじゃないか
ひゃくねんたったら　なにしてる？

かあさんだなんて　いばるなよ
こわいゆめみて　ないたじゃないか
こっそりうらない　たのむじゃないか
ひゃくねんまえには　どこにいた？

ぼく

（子どもの肖像）

ぼくはこどもじゃない
ぼくはぼくだ
ぼくはおとなじゃない
ぼくはぼくだ
ぼくはきみじゃない
ぼくはぼくだ

だれがきめたのかしらないが
ぼくはうまれたときからぼくだ
だからこれからも
ぼくはぼくをやっていく
ぼくはぜったいにぼくだから
なんにでもなれる
エイリアンにだってなれる

なくぞ

（子どもの肖像）

なくぞ
ぼくなくぞ
いまはわらってたって
いやなことがあったらすぐなくぞ
ぼくがなけば
かみなりなんかきこえなくなる
ぼくがなけば
にほんなんかなみだでしずむ

ぼくがなけば
かみさまだってなきだしちゃう
なくぞ
いますぐなくぞ
ないてうちゅうをぶっとばす

おおきくなる

（子どもの肖像）

おおきくなってゆくのは
いいことですか
おおきくなってゆくのは
うれしいことですか

いつかはなはちり
きはかれる
そらだけがいつまでも
ひろがっている

おおきくなるのは
こころがちぢんでゆくことですか
おおきくなるのは
みちがせまくなることですか

いつかまたはなはさき
たまごはかえる
あさだけがいつまでも
まちどおしい

いなくなる

（子どもの肖像）

わたしたちは
いつか
いなくなる
のはらでつんだはなを
うしろでにかくし
おとうさんにはきこえない
ふえのねにさそわれて

わたしたちは
いつのまにか
いなくなる
そらからもらった
ほほえみにかがやき
おかあさんにはみえない
ほしにみちびかれて

しあわせ

わたしはたっています
おひさまがおでこに
くちづけしてくれます
かぜがくびすじを
くすぐってくれます
だれかじっと
みつめてくれます

（子どもの肖像）

わたしはたっています
きのうがももを
つねってくれます
あしたがわたしを
さらっていこうとします
わたしはしあわせです

芝生

（夜中に台所でぼくはきみに話しかけたかった）

そして私はいつか
どこかから来て
不意にこの芝生の上に立っていた
なすべきことはすべて
私の細胞が記憶していた
だから私は人間の形をし
幸せについて語りさえしたのだ

ほほえみ

（空に小鳥がいなくなった日）

ほほえむことができぬから
青空は雲を浮べる
ほほえむことができぬから
木は風にそよぐ

ほほえむことができぬから
犬は尾をふり――だが人は
ほほえむことができるのに
時としてほほえみを忘れ

ほほえむことができるから
ほほえみで人をあざむく

空に小鳥がいなくなった日

森にけものがいなくなった日
森はひっそり息をこらした
森にけものがいなくなった日
ヒトは道路をつくりつづけた

海に魚がいなくなった日
海はうつろにうねりうめいた

（空に小鳥がいなくなった日）

海に魚がいなくなった日
ヒトは港をつくりつづけた

街に子どもがいなくなった日
街はなおさらにぎやかだった
街に子どもがいなくなった日
ヒトは公園をつくりつづけた

ヒトに自分がいなくなった日
ヒトはたがいにとても似ていた
ヒトに自分がいなくなった日
ヒトは未来を信じつづけた

空に小鳥がいなくなった日
空は静かに涙ながした
空に小鳥がいなくなった日
ヒトは知らずに歌いつづけた

なんにもない

（空に小鳥がいなくなった日）

なんにもない　なんにもない
車もなければ家もない
ないないないないないないないずくし
なんにもないから楽しいんだ
生きているのが好きなんだ

なんにもない　なんにもない
着たきりすずめのすかんぴん
ないないないないないずくし
なんにもないからこわくないんだ
いつでも旅に出られるんだ

なんにもない　なんにもない
見栄もなければ嘘もない
ないないないないないないずくし
なんにもないから空があるんだ
今日という日が始まるんだ

みみをすます

（みみをすます）

みみをすます
きのうの
あまだれに
みみをすます

みみをすます
いつから
つづいてきたともしれぬ
ひとびとの
あしおとに
みみをすます
めをつむり
みみをすます
ハイヒールのこつこつ
ながぐつのどたどた
ぽっくりのぽくぽく
みみをすます
ほうばのからんころん
あみあげのざっくざっく
ぞうりのぺたぺた
みみをすます
わらぐつのさくさく
きぐつのことこと
モカシンのすたすた
わらじのてくてく
そうして
はだしのひたひた……
にまじる
へびのするする
このはのかさこそ
きえかかる
ひのくすぶり
くらやみのおくの
みみなり

みみをすます
しんでゆくきょうりゅうの
うめきに
みみをすます
かみなりにうたれ
もえあがるきの
さけびに

なりやまぬ
しおざいに
おともなく
ふりつもる
プランクトンに
みみをすます
なにがだれを
よんでいるのか
じぶんの
うぶごえに
みみをすます

そのよるの
みずおとと
とびらのきしみ
ささやきと
わらいに
みみをすます
こだまする
おかあさんの
こもりうたに
おとうさんの
しんぞうのおとに
みみをすます

おじいさんの
とおいせき
おばあさんの
はたのひびき
たけやぶをわたるかぜと
そのかぜにのる
ああめんと
なんまいだ
しょうがっこうの
あしぶみおるがん
うみをわたってきた
みしらぬくにの
ふるいうたに
みみをすます

くさをかるおと
てつをうつおと
きをけずるおと
ふえをふくおと
にくのにえるおと
さけをつぐおと
とをたたくおと
ひとりごと

うったえるこえ
おしえるこえ

めいれいするこえ
こばむこえ
あざけるこえ
ねこなでごえ
ときのこえ
そして
おし
……
みみをすます

うまのいななきと
ゆみのつるおと
やりがよろいを
つらぬくおと
みみもとにうなる
たまおと

ひきずられるくさり
ふりおろされるむち
ののしりと
のろい
くびつりだい
きのこぐも
つきることのない
あらそいの
かんだかい
ものおとにまじる
たかいびきと
やがて
すずめのさえずり
かわらぬあさの
しずけさに
みみをすます

(ひとつのおとに
ひとつのこえに
みみをすますことが
もうひとつのおとに
もうひとつのこえに
みみをふさぐことに
ならないように)

みみをすます
じゅうねんまえの
むすめの
すすりなきに
みみをすます

みみをすます
ひゃくねんまえの
ひゃくしょうの

しゃっくりに
みみをすます

みみをすます
せんねんまえの
いざりの
いのりに
みみをすます

みみをすます
いちまんねんまえの
あかんぼの
あくびに
みみをすます

みみをすます
じゅうまんねんまえの
こじかのなきごえに
ひゃくまんねんまえの
しだのそよぎに
せんまんねんまえの
なだれに
いちおくねんまえの
ほしのささやきに
いっちょうねんまえの
うちゅうのとどろきに
みみをすます

みみをすます
みちばたの
いしころに
みみをすます
かすかにうなる
コンピューターに
みみをすます
くちごもる
となりのひとに
みみをすます
どこかでギターのつまびき
どこかでさらがわれる
どこかであいうえお
ざわめきのそこの
いまに
みみをすます

みみをすます
きょうへとながれこむ
あしたの
まだきこえない
おがわのせせらぎに
みみをすます

やわらかいいのち

思春期心身症と呼ばれる少年少女たちに

（魂のいちばんおいしいところ）

1

どうしたらいいの
どうしたらいいの
問いかけるあなたの言葉が
私の中に谺《こだま》する
答のない私の中に――

どうしたらいいの
どうしたら
私の中にあなたがいる
ひっそりとひとりで立ちつくしている
心はもつれあった灰色の糸のかたまり
だがその糸が私とあなたをむすんでいる
どうしたら
どうしたらいいの
問いかけることであなたは糸の端を
しっかりと握りしめている

2

あなたが歩くことのできるのがおどろきだ
あなたがごはんを食べるのが
歯をみがくのが私にとっておどろきだ
あなたのふたつの眼から
涙のにじみ出てとまらないのがおどろきだ
あなたは海をみつめて放心している
その顔にかくされた美しさがおどろきだ
そしてもしもあなたが死ねるとしたら……
死ねるとしても——
そのことの中に私は

あなたのいのちの輝きを見るだろう
私たちの生きる証しを見るだろう

3

怒りながら哀しんでいる
戸惑いながら決意している
突き放しながらしがみついている
ひとつの顔
世界中でたったひとつのあなたの顔
その顔はかくしている
誰にも読みきれない長い物語を

拒みながら待っている
謝りながら責めている
途方に暮れながら主張している
ひとつの背中
かたくなにみずからを守るあなたの背中
その背中は呟いている
自分にもつなげないきれぎれな物語を

4

どこへ帰ろうというのか

帰るところがあるのかあなたには
あなたはあなたの体にとらえられ
あなたはあなたの心に閉じこめられ
どこへいこうとも
あなたはあなたに帰るしかない

だがあなたの中に
あなたの知らないあなたがいる
あなたの中で海がとどろく
あなたの中で木々が芽ぶく
あなたの中で人々が笑いさざめく
あなたの中で星が爆発する

あなたこそ
あなたの宇宙
あなたのふるさと

5

あなたは愛される
愛されることから逃れられない
たとえあなたがすべての人を憎むとしても
たとえあなたが人生を憎むとしても
自分自身を憎むとしても
あなたは降りしきる雨に愛される

微風にゆれる野花に
えたいの知れぬ恐ろしい夢に
柱のかげのあなたの知らない誰かに愛される
何故ならあなたはひとつのいのち
どんなに否定しようと思っても
生きようともがきつづけるひとつのいのち
すべての硬く冷たいものの中で
なおにじみなおあふれなお流れやまぬ
やわらかいいのちだからだ

魂のいちばんおいしいところ

神様が大地と水と太陽をくれた
大地と水と太陽がりんごの木をくれた
りんごの木が真っ赤なりんごの実をくれた
そのりんごをあなたが私にくれた
やわらかいふたつのてのひらに包んで
まるで世界の初まりのような
朝の光といっしょに

（魂のいちばんおいしいところ）

何ひとつ言葉はなくとも
あなたは私に今日をくれた
失われることのない時をくれた
りんごを実らせた人々のほほえみと歌をくれた
もしかすると悲しみも
私たちの上にひろがる青空にひそむ
あのあてどないものに逆らって

そうしてあなたは自分でも気づかずに
あなたの魂のいちばんおいしいところを
私にくれた

成人の日に

（魂のいちばんおいしいところ）

人間とは常に人間になりつつある存在だ
かつて教えられたその言葉が
しこりのように胸の奥に残っている
成人とは人に成ること　もしそうなら
私たちはみな日々成人の日を生きている

完全な人間はどこにもいない
人間とは何かを知りつくしている者もいない
だからみな問いかけるのだ
人間とはいったい何かを
そしてみな答えているのだ　その問いに
毎日のささやかな行動で

人は人を傷つける　人は人を慰める
人は人を怖れ　人は人を求める
子どもとおとなの区別がどこにあるのか
子どもは生まれ出たそのときから小さなおとな
おとなは一生大きな子ども

どんな美しい記念の晴着も
どんな華やかなお祝いの花束も
それだけではきみをおとなにはしてくれない
他人のうちに自分と同じ美しさをみとめ
自分のうちに他人と同じ醜さをみとめ
でき上がったどんな権威にもしばられず
流れ動く多数の意見にまどわされず
とらわれぬ子どもの魂で
いまあるものを組み直しつくりかえる
それこそがおとなの始まり
永遠に終わらないおとなへの出発点

人間が人間になりつづけるための
苦しみと喜びの方法論だ

三つのイメージ

（魂のいちばんおいしいところ）

あなたに
燃えさかる火のイメージを贈る
火は太陽に生まれ
原始の暗闇を照らし
火は長い冬を暖め
祭の夏に燃え
火はあらゆる国々で城を焼き

聖者と泥棒を火あぶりにし
火は平和へのたいまつとなり
戦いへののろしとなり
火は罪をきよめ
罪そのものとなり
火は恐怖であり
希望であり
火は燃えさかり
火は輝く
——あなたに
そのような火のイメージを贈る

あなたに
流れやまぬ水のイメージを贈る
水は葉末の一粒の露に生まれ
きらりと太陽をとらえ
水は死にかけたけもののどをうるおし
魚の卵を抱き
水はせせらぎの歌を歌い
たゆまずに岩をけずり
水は子どもの笹舟を浮かべ
次の瞬間その子を溺れさせ
水は水車をまわしタービンをまわし
あらゆる汚れたものを呑み空を映し

水はみなぎりあふれ
水は岸を破り家々を押し流し
水はのろいであり
めぐみであり
水は流れ
水は深く地に滲みとおる
——あなたに
そのような水のイメージを贈る

あなたに
生きつづける人間のイメージを贈る
人間は宇宙の虚無のただなかに生まれ

限りない謎にとりまかれ
人間は岩に自らの姿を刻み
遠い地平に憧れ
人間は互いに傷つけあい殺しあい
泣きながら美しいものを求め
人間はどんな小さなことにも驚き
すぐに退屈し
人間はつつましい絵を画き
雷のように歌い叫び
人間は一瞬であり
永遠であり
人間は生き

人間は心の奥底で愛しつづける
——あなたに
そのような人間のイメージを贈る

あなたに
火と水と人間の
矛盾にみちた未来のイメージを贈る
あなたに答は贈らない
あなたに　ひとつの問いかけを贈る

明日

（魂のいちばんおいしいところ）

ひとつの小さな約束があるといい
明日に向かって
ノートの片隅に書きとめた時と所
そこで出会う古い友だちの新しい表情

ひとつの小さな予言があるといい
明日を信じて

テレヴィの画面に現れる雲の渦巻き
〈曇のち晴〉天気予報のつつましい口調

ひとつの小さな願いがあるといい
明日を想って
夜の間に支度する心のときめき
もう耳に聞く風のささやき川のせせらぎ

ひとつの小さな夢があるといい
明日のために
くらやみから湧いてくる未知の力が
私たちをまばゆい朝へと開いてくれる

だが明日は明日のままでは
いつまでもひとつの幻
明日は今日になってこそ
生きることができる

ひとつのたしかな今日があるといい
明日に向かって
歩き慣れた細道が地平へと続き
この今日のうちにすでに明日はひそんでいる

アンパン

（真っ白でいるよりも）

ぼくの父はアンパンを軽蔑していたが
フォワグラは尊敬していた
そして生涯ニンニクを愛した
母のことも愛していたと思うが

母は父を意地がきたないと言っていた
戦争中息子のぼくにも内緒で

ひとりで乾燥イモを食べたという理由で
離婚を決意したこともあったそうだ

父は「雨ニモマケズ」に感動していた
一日玄米四合ト／味噌ト少シノ野菜ヲタベ
という食生活は自分には出来ないと
知っていたからではあるまいか

九十一歳のときバルセロナへ行った
ガウディを口をきわめて罵った
イベリア航空のことは褒めた
昼食にキャビアが出たからだ

死んでから勲章をもらった
法をおかしてサンショウウオを食ったことを
誰も密告しなかったらしい
ちなみに父は哲学者だった

ぼくは今アンパン片手にこれを書いている

地球の客

（真っ白でいるよりも）

躾の悪い子どものように
ろくな挨拶もせず
青空の扉をあけ
大地の座敷に上がりこんだ

私たち　草の客
木々の客

鳥たちの客
水の客

したり顔で
出された御馳走に
舌つづみを打ち
景色を讃めたたえ

いつの間にか
主人になったつもり
文明の
なんという無作法

だがもう立ち去るには
遅すぎる
死は育むから
新しいいのちを

私たちの死後の朝
その朝の
鳥たちのさえずり
波の響き
遠い歌声

風のそよぎ
聞こえるだろうか
いま

夕焼け

（真っ白でいるよりも）

家に年寄りがいるのはいいことだ
あかんぼがいるのと同じくらいいいことだ

ふたつは似ても似つかないことのようでいて
実は一本のあざなえる縄の両端のようにそっくり

始まりがあって終わりがあるから
始まりもなく終わりもないものが見えてくる

その縄を輪っかにつなげて
そこからさかしらに人生をのぞくのはやめておこう

百年の長さもつ縄の
よじれねじれささくれくされ

神様ではないのだから
ぼくらはロバのように縄を嚙む

甘い恋
しょっぱい子育て

苦い戦争
酸っぱい革命

人生をたらふく食ったあなたの顔は
優しさと厳しさとあきらめとしたたかさがまじり合い
しわの間にあかんぼの輝く無垢も
透けて見える

もういいかい
もういいよ

けれどあなたは目をつむったまま
木のうしろに隠れて月日を数えていたわけじゃない

百年のその一日一日をいろどったのは
青空と米と野菜といさかいと歌のとりどりの色

怒るがいい泣くがいい
叫ぶがいい黙りこむがいい

ひとりのあなたの魂の底にひそむものは
世界中のどんな大事件よりも巨大だ

だが今あなたの顔に浮かぶのは
残り少ない未来にむかう静かな微笑み
それはあなたの今日をぼくらの明日に生かすための
ただひとつの贈り物
限りない宇宙の闇へと燃えあがる
美しい夕焼け

●(巨きなピリオド)

(真っ白でいるよりも)

草野さん、『第百階級』の中に有名な「冬眠」という詩がありますね。題名のあとに直径五ミリほどの黒い丸がひとつあるだけの作品で、誰でも一目見れば笑い出してしまう。この詩は世界一短い詩として、ギネスブックに掲載されるべきだと私は考えますが、あなたが亡くなったことを知ったあと、その黒い丸のことが急に気になり出しました。

『第百階級』の中には他にも黒い丸がいくつか出てきます。たとえば「Nocturne. Moon and Frogs.」で、それは月とおぼしい置かれかたをしているし、「吉原の火事映る田や鳴く蛙」や「散歩」では、スタンザの区切りのように使われています。しかしそのどれも「冬眠」の丸とは違う。

「冬眠」の黒い丸はすっとぼけていながら、実に的確に蛙の冬眠の感じをつかんでいて、言葉では伝わらない作者の人柄さえ感じさせますが、同時にその一個の黒い丸は、みつめ始めると底無しに深く大きくもなってくるのです。それはほとんどひとつの宇宙だと言ってもいい。

そう思わせるのも作者が草野さんだからこそでしょう。一個の黒い丸に、草野さんの生涯が凝縮されている、そんなふうに私が感じたとしてもあなたの他の膨大な作品群をおとしめることにはならないと思います。

あなたを偲ぶ文章を書くように依頼を受けたとき、私は文章ではなく詩を書きたいと思いました。そのとき真っ先に心に浮かんだのが、あの小さなしかし無限に大きい黒い丸でした。そして私はそれを題名にいただいて、ほとんど即興のようにして一篇の詩を書いたのですが、今日それを草野さんの前で読もうとして、はたと困ってしまいました。あの黒い丸をいったいどう音読すればいいのか。

いくつかの試行錯誤ののちに、私は黒い丸を仮に「巨きなピリオド」と読むことに決めました。しかしこれは私の窮余の一策にすぎません、あの黒い丸はそんな言葉を超えて、沈黙のうちに草野さんの魂そのものを私たちに示しつづけています。

＊

ミスタア・クサアノ
本格的に

始めたミスタア・クサアノ
「文化なんてなくたっていいじゃないか」
とあなたは言って

富士山は今日も
ギギギギギギギギ。
ギッ。
ただあるだけである。

けれど蛙は鳴きつづけています
白いページの田んぼで
おかげで意味ありげな奴らの
うるさい喚き声を聞かずにすむ

ありがとう心平さん
笑顔ありがとう
声ありがとう
あなたという骨と肉ありがとう
僕が女だったら
きっと一度はひとつ寝床に入っていた

無理矢理にでも
かたむく天に。
鉤の月。

るるり。
るるり。
　　りりり。

僕もいつか
死んだら死んだで生きてゆきます
　　　　一九八八年十一月二十八日

帰郷

私が生まれた時
私の重さだけ地が泣いた
私は少量の天と地でつくられた
別に息をふきかけないでもよかった
天も地も生きていたから

（二十億光年の孤独　拾遺
～二十一、二歳のころに書いた詩）

私が生まれた時
庭の栗の木が一寸ふり向いた
私は一瞬泣きやんだ
別に天使が木をゆすぶった訳でもない
私と木とは兄弟だったのだから

私が生まれた時
世界《コスモス》は忙しい中を微笑んだ
私は直ちに幸せを知った
別に人に愛されたからでもない
私は只世界《コスモス》の中に生きるすばらしさに気づいたのだ

やがて死が私を古い秩序にくり入れる
それが帰ることなのだ……

編者あとがき

一九三一年生まれの谷川俊太郎さんは、二十一歳のとき詩集「二十億光年の孤独」でデビューしました。その冒頭に、はるかな国から——序にかえて、として三好達治さんが詩を寄せています。

この若者は
意外に遠くからやってきた
してその遠いどこやらから
彼は昨日発ってきた
十年よりもさらにながい
一日を彼は旅してきた
千里の靴を借りもせず

彼の踵で踏んできた路のりを何ではかろう
またその暦を何ではかろう
けれども思え
霜のきびしい冬の朝
突忽《とっこつ》と微笑をたたえて
我らに来るものがある
この若者のノートから滑り落ちる星でもあろうか
ああかの水仙花は……
薫りも寒くほろにがく
風にもゆらぐ孤独をささえて
誇りかにつつましく
折から彼はやってきた
一九五一年
穴ぼこだらけの東京に

若者らしく哀切に
悲哀に於て快活に
――げに快活に思いあまった嘆息に
ときに嚔《くさめ》を放つのだこの若者は
ああこの若者は
冬のさなかに永らく待たれたものとして
突忽とはるかな国からやってきた

眩いばかりの瑞々しい若い詩人の出現を目の当たりにした老詩人の当惑と畏れと讃辞が正直に語られています。はるかな国とはいったいどこでしょう。いのちが融合されるあの不可思議な混沌という国なのでしょうか。老詩人の畏れどおりこの若者は十八歳にして「傲慢ナル略歴」という詩を書きます。

トモカクモ満零歳カラ十八歳マデ
オモシロオカシクヤッテキタ
ナントイッテモ健康ダシ
心モ少シハ美シイ
実際ヤタラメッポウ幸セナノデ
マダ人生ノ悩ミモナイ
トモカクモ満十八歳カラコノ後モ
オモシロオカシクヤッテユク気ダ

「十代のノートから」では、「幸福な生、不幸な生という区別はない。すべての生は幸福である。現在僕が生きていることそれ自身が幸福」なのであり、「人間と意識しただけで何か涙ぐんでしまう」と述懐します。そして人間界では「僕は正しく生きねばならない」と決心するや「精神の高さ」に魅せられ、

「我々のうしろに絶えず地球をそして全人類を意識して生きること。郷土愛は認めるけれども愛国心はもう認めたくない。人類愛、地球に対する愛がそれに代るべきだ」と語ります。

この宇宙の運行をつかさどる壮大な摂理が、己の小さないのちの中にくるみこまれているという真実に若くして気がついてしまった詩人は、ついには「詩人のふりはしているが、私は詩人ではない」と告白するに至り、やがて「芝生」で自らの出自を物語ります。

そして私はいつか
どこかから来て
不意にこの芝生の上に立っていた
なすべきことはすべて
私の細胞が記憶していた

だから私は人間の形をし
幸せについて語りさえしたのだ

およそいのちは、幸せに生まれ、幸せに生き、やがて幸せに還る、ということがこの宇宙の摂理とするならば、谷川俊太郎さんの詩業はまさにこの摂理を具現したものです。詩篇は初めから完成されていて、どの一篇も横道にそれません。

編者の仕事は、ただ年代順に好みの詩を選び、あとは詞華集としての芸を極めるため、いくつかの作品の順序を入れかえただけでした。この詩人の気がついたことは、日本を超えて地球のあらゆるいのちを幸せにしてくれるにちがいありません。

二〇〇三年二月

童話屋　田中和雄

はるかな国からやってきた

二〇〇三年二月四日初版発行
二〇〇五年七月二三日第一〇刷発行

詩　谷川俊太郎

発行者　田中和雄
発行所　株式会社　童話屋
〒168-0063　東京都杉並区和泉三―二五―一
電話〇三―五三七六―六一五〇
製版・印刷・製本　株式会社　精興社
NDC九一一・一九二頁・一五センチ

ISBN4-88747-033-9

地球の未来を考えて T. G（Think Green）用紙を使用しています。